KB132004

오늘 같은 날 청바지를 입다니 경솔했다!

* OOTD : Outfit Of The Day. 오늘의 패션. 당일 또는 특정 상황에서 입은 자신의 옷차림을 촬영하거나
그려서 소셜미디어 등에 업로드하는 행위.

* 본문 내용 중 일부는 저자의 표현에 따라 맞춤법 원칙과 다르게 표기했습니다.

KI신서 8374

오늘 같은 날 청바지를 입다니 경솔했다!

1판 1쇄 인쇄 2019년 8월 26일
1판 1쇄 발행 2019년 9월 4일

지은이 김재인(동글)
펴낸이 김영곤 박선영 펴낸곳 (주)북이십일 21세기북스
출판사업본부장 정지은 실용출판팀장 김수연 실용출판팀 이지연 이보람 디자인 elephantswimming
출판영업팀 한충희 김수현 최명열 윤승환 마케팅2팀 배상현 김윤희 이현진
홍보기획팀 이혜연 최수아 문소라 김선아 양다솔 박지연 제작팀 이영민 권경민

출판등록 2000년 5월 6일 제406-2003-061호 주소 (10881) 경기도 파주시 회동길 201 (문발동)
대표전화 031-955-2100 팩스 031-955-2151 이메일 book21@book21.co.kr

(주)북이십일 경계를 허무는 콘텐츠 리더

21세기북스 채널에서 도서 정보와 다양한 영상자료, 이벤트를 만나세요!
장강명, 요조가 진행하는 팟캐스트 말랑한 책 수다 <책, 이게 뭐라고>
페이스북 facebook.com/jiinpill21 포스트 post.naver.com/21c_editors
인스타그램 instagram.com/jiinpill21 홈페이지 www.book21.com
유튜브 www.youtube.com/book21pub
서울대 가지 않아도 들을 수 있는 명강의! <서가명강>
네이버 오디오클립, 팟빵, 팟캐스트에서 '서가명강'을 검색해보세요!

© 김재인, 2019 ISBN 978-89-509-8330-7 (03810)

오늘 같은 날
청바지를 입다니
경솔했다!

매일매일
#OOTD
그림일기

김재인 (동글) 지음

21세기북스

언젠가, 늦잠을 자는 바람에 허둥지둥 준비를 하고 나온 날이었
어요. 코디를 생각할 겨를이 없어 가장 자주 입는 흰 티셔츠에 청
바지를 입었어요. 급한 와중에도 포인트 스카프와 빨간 가방으로
나름의 멋을 챙겼답니다. 빠른 시간에 챙겨 입고 나온 것 치곤 꽤
괜찮은 스타일링이라고 생각했어요.

그런데 문밖을 나오자 비가 오는 거예요! 그것도 아주 시원하게.
너무 급하게 준비하느라 밖의 날씨를 알아채지 못한 거죠. 시간
이 없어 우산만 챙겨 들고 집을 나섰어요.

그날 하루는 좀 불편한 날이 되었어요. 긴 청바짓단에 빗물이 튀
어 계속 눅눅했거든요. 덥고 습한 날씨에 땀을 뻘뻘 흘리고선 잠
깐 생각했어요. '오늘 같은 날 청바지를 입다니 경솔했다!'라고.

옷과 소품을 고른 과정을 들여다보면 그날의 상황과 내 생각을
알 수 있다고 생각해요. 비 예보가 있는 날에는 긴 청바지를 피하
는 것처럼 말이에요. 만약 그날 짐이 많다면 에코백보다는 백팩
을 선택하고, 오래 걸어야 한다면 굽이 있는 신발보다는 편한 운
동화를 신을 거예요.

제 그림에는 이렇게 옷을 입을 때 흘러가는 생각들을 표현하고
싶었어요. 사소하지만, 그냥 옷을 입은 것이 아니라 그날의 상

내
옷장에는
오늘
하루가
걸려 있다

황과 기분을 고려해서 옷을 선택했다는 것을 보여주고 싶었답니다. 그래서 그날의 전체적인 코디뿐 아니라 함께 착용한 아이템도 같이 소개했어요.

사람들은 수많은 기성복 사이에서 자신만의 기준으로 자기 스타일의 옷을 골라내는데, 그 점이 참 귀엽다고 생각합니다. 그래서 다른 사람의 스타일을 엿보는 일은 내 옷을 고를 때와는 또 다른 재미가 있어요.

많은 사람이 매일매일 옷을 입고, 내일은 또 무슨 옷을 입을지 고민하면서 살아갈 거예요. 옷을 입고, 사고, 실패하는 일들이 생겨나지요. 그런 사람들이 이 책을 읽으며 '나만 그런 것이 아니구나' 하고 함께 공감할 수 있다면 좋겠어요.

_ 동글

CHAPTER I

MONDAY

월요일

너무 튀는 건 싫지만
너무 평범한 것도 싫어

-

꾸미지 않은 듯 꾸민 스타일을 좋아한다.

특히 오랜만에 만나는 사람과 약속을 앞두고 옷을 고를 때 저런
기분이 되곤 한다. 어째 데이트보다도 더 신경쓰인다고나 할까.
은근슬쩍 멋 내기는 딱 정해진 법칙 같은 게 없어서 더 어렵다.

신경을 안 쓴 것처럼 보이도록 신경쓰느라 옷장을 뒤적거리고
방 안을 초조하게 돌아다닌다. 멋 좀 티 나게 부린다고 큰일나는
것도 아닌데 말이다.

하지만 며칠 전부터 날씨를 체크하고, 옷을 고르고, 고민하는
노력이 온전히 보이는 것은 왠지 부끄럽다. 대충 입었는데도
어딘가 세련된, 타고난 패션 피플의 느낌을 내고 싶단 말이지.

적당하다는 말은 쉬운 듯하면서도 어렵다. 적당히 평범해
보이면서, 적당히 내 개성을 표현하기 위해 '적당한' 기준을
설정하는 중이다.

소소한 지름
스카프

오리 입 스니커즈

니트 원피스

돌보이 *캐멀코트

요즘 읽고 있는 책에서 스카프
활용법이 자주 나오길래 기분
전환 겸 첫 스카프를 구매했다.
똑같은 니트 원피스도 색다르게
입을 수 있어서 만족이다.

* 캐멀 : 낙타의 털을 원료로 한 직물.
　　　캐멀색은 낙타의 털빛 같은 짙은 황토색을 말한다.

보라색 머플러

꽃무늬 점퍼

검정 미니
크로스백

너라인 스커트

아이보리 카디건

오리 입
스니커즈

오늘은 꽃무늬 점퍼다!
간절기에 유용한 보라색
머플러와 함께 입었다.

날씨가 따뜻해서 거북이
등 같은 노트북 가방을 둘쳐
메고 카페로 나가 작업을 했다.
놀고 싶은데 그럴 수가 없어
억울한 마음에 화사한
원피스를 꺼내 입었다.

아이보리 니트 카디건

둥보이 코튼 트렌치코트

빈티지 *시폰 원피스

양말은 깔 맞춤

* 시폰 : 얇게 비치는 가벼운 직물.
  드레스, 모자, 베일, 커튼 따위를 만드는 데 쓴다.

날씨 쨍쨍
낮에는 더울 정도다!
수요일쯤 비가 온다니
그전에 꽃구경을
가야 하는데!

이마트 JAJU 스카프

흰 블라우스

통보이 코튼 트렌치코트

노란 운동화

어젯밤에 눈 오는 것을 보고
야무지게 껴입었다. 온도 차가
커서 감기 걸리기 딱 좋은 날씨.

낡은 오버핏 체크 코트

아이보리 니트

아이보리 니트 카디건

캐릭터 에코백

와이드 팬츠

오리 입 스니커즈

일교차 큰 월요일.
카디건이 정말 유용한 시즌이다.
월요일이니 알록달록!

빈티지 보라색 원피스

오버핏 청 재킷

아이보리 니트 카디건

하늘색
레깅스

에코백

노란 운동화

도자기
목걸이

엄마가 대학 시절 직접
만든 도자기 목걸이.
오래되어도 반짝반짝
예쁘다.

흰 티

캐릭터
에코백

자라(ZARA)
*리오셀 혼방 재킷

롤업
청바지

오리 입
스니커즈

* 리오셀 : 목재 펄프를 녹여 생산한 합성섬유의 일종.
          친환경적이며, 내구성과 흡습성이 뛰어나다.

비 온 다음 날!
비 온 뒤라 좀 쌀쌀하다.
우중충한 날씨라 발랄한
형광 주황 후드를 입었다.

형광 주황색 크롭 후드 티

줄무늬 티
크롭 후드에
*레이어드

앨리스마샤
토비백

*우양산

청바지

오리 입 스니커즈

* 레이어드 : 옷을 여러 겹으로 껴입는 것.
* 우양산 : 우산과 양산의 기능을 동시에 갖춘 우비[雨備]의 종류.

오늘은 귀여운 크롭 블라우스와
청 반바지를 입었다.
여름이 되니 액세서리 욕심이
샘솟는다! 큼직하고 시원한 느낌의
뱅글 팔찌가 있으면 좋을 텐데!

크롭 블라우스

*하이웨이스트 청 반바지

차코 샌들

캐릭터 에코백

* 하이웨이스트 : 보통의 위치보다 높은 허리선.

이제는 완벽한 여름!
햇살이 따갑고 주근깨가
우수수 올라오는 계절이다.
똥머리 + 오프 숄더로
여름 맞이 기분을 내보았다.

엄마에게 물려받은
자수 블라우스

이제 더워서 못입겠다.
잠시만 안녕 청바지야.

여름엔
에코백 이지!

자연스러운 색강으로
깔 맞춤한 오늘!
신발도 가죽 샌들로
맞추고 싶은데
아직 마음에 쏙
드는 신발을 못 사서
오늘도 차코 샌들을 신었다.

올리브그린색 민소매 티

보세 가죽가방

차코 샌들

*리넨 팬츠

* 리넨 : 아마(亞麻)의 실로 짠 얇은 직물을 통틀어 이르는 말.

날이 더워 아침에 절로
눈이 떠진 오늘!
대충 입긴 싫은데 코디할
힘이 없어서 원피스를 입었다.

스퀘어넥 빈티지 원피스

*보세 가죽 크로스백

차코 샌들

* 보세 : 사전적 의미는 관세 부과가 보류되는 것을 뜻하는데, 보통 의류를 지칭할 때는
　　　특정 브랜드 없이 대량 생산되어 저렴한 가격에 파는 소매점 옷을 말한다.

노랑 + 초록의 조합!
날이 더워질수록,
강렬한 햇빛만큼
내 옷도 화려해진다!

가죽 크로스백

홈쇼핑표 *슬랙스

빈티지 숍에서 구매했던
남성용 체크 셔츠.
노란색이 귀엽다.

치코 샌들

* 슬랙스 : 느슨하고 헐렁한 서양식 바지.

오늘은 웬일인지
레드 립을 바르고 싶은 날
가방도 깔 맞춤으로
레드 토비백을 선택했다.
요즘 편하게만 입다가
오늘은 제법 도시 사람 같구만!

나인(NAIN) 여름용 셔츠

앨리스마샤
토비백

차코 샌들

나인 고무줄 와이드 팬츠

하와이안 셔츠 (빈티지 숍구매)

※중요
이 스커트는 원단에 힘이 있어
뱃살이 잘 숨겨진다

자라 청 스커트

(5년 전 구매)

에코백

치코 샌들

날이 선선해져
옷 입을 맛이 난다 했더니
비 폭탄!
칙칙한 날에 옷이라도
밝게 입고자 포인트로
빨간 가방을 멘다.

보라색 셔츠

앨리스아샤
토비백

커밍스텝
스트라이프 스커트

차코 샌들

밤새 비가 내리더니
기온이 뚝딱 낮아졌다!

이번에 산
필름 카메라

사진을 찍어 스캔할
생각에 외출할
때마다 함께다.

디테일이 예쁜 *미디스커트.
엄마 옷장에서 발굴해온 녀석!

지오다노 얇은 니트

사이즈를 잘못 사서
손이 잘 안 가는 니트다.
오늘은 날이 선선해서
특별히 입어보았다.

*메리 제인
+ 하늘색 양말

* 미디스커트 : 옷자락이 장딴지까지 내려오는 길이의 서양식 치마.
* 메리 제인 : 낮은 굽에 앞코가 둥글고 발등에 가죽끈이 달린 구두.

제법 쌀쌀한 날씨
이렇게 빨리 긴팔을 입을 줄
몰랐는데...!
요즘은 셔츠의 계절이다
저녁엔 제법 쌀쌀해지니
슬슬 가을옷도 몇 개 꺼내
둬야겠다.

자라 화이트 셔츠

지오다노
하이웨이스트
반바지

앨리스마샤 토비백

차코 샌들

완벽한 가을 날씨!
어느새 선선해진 바람이 조금 낯설다.
낮엔 덥지만 아침, 저녁이
쌀쌀해 얇은 카디건을 가지고
다녀야겠다.

하트 펜던트
목걸이

핸드폰도 안 들어가는
실용성 제로의
밀짚 미니 가방.
귀여우니 봐줌...

짐이 많아
에코백

빈티지 도트 원피스

만 원에 산 옷인데 마음에 든다.
빈티지한 느낌 물씬!
왠지 진주 목걸이가 사고 싶어졌다.

오랜만에
운동화

주말 동안 열심히
빨래와 다림질을 한 덕분에
셔츠를 입을 수 있게 되었다.
스팅다리미 사고 싶다! ♫

앨리스마샤
토트백.
파란색의
옷이 많아서
포인트로
에기 좋다.

자라 와이드 팬츠
+ 통급 샌들

산 지 5년 넘은 셔츠
이맘때 티셔츠 위에
걸쳐 입기 좋다.
엄청난 가오리핏.

와이드 팬츠 + 통급 조합은 최고다.

셔츠 원피스　　아이보리 니트 카디건　　머플러　　에코백

바쁜 일상에 쉼표를 찍기 위해,
오랜만에 카페에서 느긋하게
그림을 그렸다.

오늘 의상 콘셉트는 꾸민 듯
안 꾸민 듯 (실제로 후다닥 입었지만)
편안함 추구하기!

자주*버킷 해트

무난한 체크 남방
+갈색 긴소매 티

머리를 못 감아서
모자를 쓰고
체크 남방 + 청바지로
무난 평범 룩!
너무 튀는 것도 싫지만
너무 평범한 것도
싫은 알 수 없는 나의 심리...
심심한 룩에 고민하다
양 갈래로 머리를
땋아 주었다.

가죽
크로스백

메리 제인

* 버킷 해트 : 정수리 부분은 평평하고 아래로 내려오면서 넓어지는 양동이 모양의 모자.
방수가공의 코튼 천 등으로 만들어져 스포츠나 치장용으로 쓰인다. 일명 벙거지.

빈티지 가죽 크로스백

빈티지 곰돌이 니트

*부츠 컷 청바지

입을 때마다
더울지 추울지 고민하게 되는
두툼한 니트!
하지만 귀여워서
입으면 기분이 좋아진다.

뮬나*뮬 운동화

* 뮬 : 신발의 뒤꿈치를 트고 앞은 마감한 스타일.

* 부츠 컷 : 허리에서 무릎까지는 폭이 좁고, 무릎 아래부터는 폭이 넓어서 부츠 위로 편하게 입을 수 있도록 만든 바지 형태.

머리가 제법 길어 양 갈래로 땋아 보았다.
좀 더 기르면 주황색으로 염색할 계획이다.
오늘은 브라운으로 깔 맞춤!

겨울엔 롱패딩

더틀버리 칼라 니트+조끼

메리 제인
둥근 코가 귀여운
신발이다.

먼지 짱 잘 붙는
A라인 코르덴 스커트

칙칙한 겨울옷이 지겨운 요즘.
따뜻하면서도 포인트로 입기 좋은
빨간 바지를 입었다.

자라 폴라티 + 발열 내의

자라 가죽 재킷

이마트 구두

톰보이 빨간 코르덴 바지

평소에 활용하는 멋내기 포인트

ㅇ 양말 - 소재도, 색상도 다양하고 착용도 쉬워서 평범한 옷차림에

포인트를 주기 좋아요.

ㅇ 스카프 - 실용적으로 사용할 수 있고, 포인트 아이템으로 활용할 수도 있어요.

가방에 묶어 포인트

머리에 묶어
반다나로 활용.

밋밋한 티셔츠에
귀여운 포인트.

일교차가 클 때
목에 가볍게
두르기 좋아요.

ㅇ롤업 - 간단한 방법으로 자연스러우면서 멋스러운 스타일링 팁!

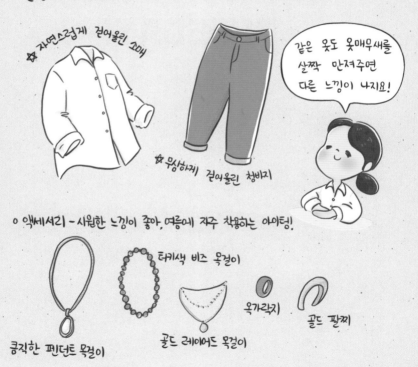

☆ 자연스럽게 걷어올린 소매

☆ 무심하게 걷어올린 청바지

같은 옷도 옷매무새를 살짝 만져주면 다른 느낌이 나지요!

ㅇ액세서리 - 시원한 느낌이 좋아, 여름에 자주 착용하는 아이템!

터키색 비즈 목걸이

옥가락지

골드 팔찌

콩직한 펜던트 목걸이

골드 레이어드 목걸이

TUESDAY

화요일

그럴듯한 옷차림이
말해주는 것

-

어느 순간부터 부모님을 만날 때 옷을 신경쓰게 되었다.

예전에는 본가에 가면 집 안에만 있다가 돌아오니 여벌 옷을
챙기지 않고 몸만 갔다.

하지만 지금은 평소보다 좀 더 깔끔하고 어른스러운 옷을 챙겨
입고 부모님을 만나러 간다.

아마 '나는 서울에서 잘 살고 있어요, 이렇게 제법 어른스러운
옷을 입고 어른다운 일을 하며 내 삶을 열심히 꾸려나가고
있어요' 하고 말하고 싶은 것 같다.

오랜만에 고향집에 내려가는 날, 오늘도 캐리어를 펼쳐놓고
편하고 단정하면서 엄마의 마음을 안심시킬 옷이 뭘까
고민하고 있다.

톰봇이 트렌치코트 중 조끼

탈부착이 가능해 활용도 UP!
오늘은 차려입을 일이 있어서
깔끔한 흰색 블라우스를
조끼 안에 레이어드
해서 입었다.

캉퍼
메리 제인

흰 블라우스

액세서리들

빈티지 핸드메이드 코트

둥근 칼라 니트 + 발열 내의

앨리스 마샤
토비백

주름치마

캠퍼
메리 제인

오늘도 매우 쌀쌀
미래의 내가 볼 수 있도록 적어둬야지.
겨울옷은 4월에 정리하기!!

오랜만에 부모님이 서울에 올라오셨다!
서울에서 잘 지내는 모습을
보여드리고 싶어서 평소보다
단정하고 깔끔하게 입었다.

흰 블라우스

스트라이프 스커트

통벙이 코튼 트렌치코트

낡은 미니
가죽가방

노란
운동화

오늘은 어깨 라인이 딱
떨어져 깔끔한 느낌을 주는
트렌치코트를 꺼내 입었다.
이 옷을 입으면 덩달아 나도
세련된 도시 사람이 된
기분이다.

통보이 트렌치코트

스카프 + 올블랙

캐릭터
에코백

스케쳐스 운동화

봄을 기다리는 마음으로
꽃무늬 블라우스를 입었다.
와이드 청 팬츠와 찰떡이다!

꽃무늬 블라우스 +발열 내의

와이드 청 팬츠

딱 떨어지는 직각 어깨는
포멀한 느낌을 준다.

TUE

화이트 셔츠는 언제나 기분 좋다!
셔츠를 옷 속에 넣어 한층
단정한 느낌으로 입었다.
치마가 고무줄이라
다행이다.

일교차가 커서 챙긴 카디건

리넨
화이트
셔츠

니라인
스커트

캐릭터
에코백

노란 운동화

흰 셔츠 + 청바지 +
조끼 트렌치로 깔끔하게)
입었는데 하필 비가 온다!
그것도 많이...!

리넨 셔츠

보세 가죽 크로스백

똥이
트렌치코트
(조끼)

청바지)

오리 입 스니커즈

TUE

아직 일교차가 크지만
낮에는 완벽한 봄 날씨!
화사한 티셔츠로 캐주얼 +
봄 기분을 내보았다.

둥보이
트렌치
코트

티셔츠 + 쁘띠 스카프

SOENHAE
SOENHAE
SOENHAE

✿ 간절기 필수템 ✿
아이보리 카디건

교복처럼 입고 다니는 와이드 팬츠

낮에는 여름만큼 더운데,
지금부터 여름옷을 얹기엔
아쉬워서 우기듯이 셔츠를
입었다. 벌써 한여름이
걱정이다.

엄마에게 물려받은
*페미닌 격자무늬 셔츠

보세
미니 크로스백

청 랩스커트

여름 샌들

* 페미닌 : 여성스럽고 우아한 느낌을 주는 스타일.

깔끔한 인상을 주고 싶을 때
입게 되는 격자 무늬 셔츠.
벌룬 소매에 허리 라인이
잡혀 있어서 무난한 듯
독특한 실루엣을 만들어 준다.

퍼미닌 격자무늬 셔츠

청바지

앨리스아사
토비백

오래 입었더니 늘어나서
슬슬 새 청바지를 찾아야
할 때가 왔다.
바지 사는 게 제일 어렵다.

여름 샌들

세련되고 프로페셔널한
느낌을 내고 싶었는데
지갑이 캐릭터 동전 지갑이라
실패했다...!

스트라이프 블라우스

캐릭터
동전 지갑

하고 (HAGO)
*새들백.
베이직한
디자인이라
활용도 ↑

밴딩 와이드 팬츠

여름 샌들

* 새들백 : 안장가죽으로 만든 튼튼한 가방. 주로 어깨에 메고 다닌다.

집순이인 내가! 약속도 없는 휴일에
콘망 먹고 외출을 했다. 혼자
나갈 땐 왠지 더 신경쓰게
되는 것 같다. 혼자서도 나를
잘 돌보는 세련되면서 편안한
도시 여성의 느낌을 내고 싶었는데
날씨가 너무 더웠다....

버킷 해트

민소매 블라우스.
그냥 검은색 티보다
세련된 느낌이다.

H라인 미디스커트

미니 크로스백

잠깐만 밖에 있어도
녹을 것 같은 날씨다.
오늘은 미팅이 있어 깔끔한
느낌으로 입어보았다.
제법 도시 사람 같군!

연보라색 리넨 셔츠

스트라이프 스커트
(민소매 블라우스와 세트)

새들백

여름 샌들

시원해 '보이려는' 룩.
밝은 색 팬츠와 줄무늬
티셔츠로 무난한 여름옷을
입어보았다.
더우니 잠도 설치고
모든 일에 의욕 저하다...!

줄무늬 티셔츠

에코백

차코 샌들

리넨 팬츠

오늘은 무나니스트스러운
무난하고 깔끔한 룩이다!

엄마에게
물려 받은
도자기
목걸이

리넨 셔츠

민소매 블라우스

보세
가죽가방

청바지

차코 샌들

날이 더워 그런가
유난히 힘든 하루...
도시인의 느낌을 내고 싶어
셔츠와 와이드 팬츠를
입었다.

연보라색 리넨 셔츠

밴딩 와이드 팬츠

검은색 가방

여름 샌들

숨이 턱 막히는 날씨.
민소매 블라우스와 리넨 팬츠로
심플하게 입었다. 레이어드
목걸이와 꼬임 벨트가 포인트!

캐릭터 에코백

민소매 블라우스

우양산

치코 샌들

리넨 팬츠

세련된 도시 사람 느낌 물씬 나는
화이트 셔츠 + 통보이 조끼 트렌치코트

자라

새들백

통보이 트렌치코트 (조끼)

등급 샌들

털 뿡뿡

*와이드 크롭 팬츠

* 와이드 크롭 팬츠 : 전체적으로 폭넓은 실루엣을 가진,
    종아리 정도에서 멈춘 느낌의 여성용 팬츠.

동보이 캐멀 코트

재킷 + 코트 조합으로
보온성 UP!

체크 재킷

허리 부분에
탈부착 할 수 있는
검은 띠가 있다

기모 청바지

이마트 구두

멜빵 원피스는 이너에 따라
다양한 느낌을 낼 수 있어 좋다.
오늘은 칼라 니트와 함께
단정한 느낌으로 입었다!

빈티지 멜빵
체크 원피스

빈티지
크로스백

통보이 캐멀 코트

메리 제인 슈즈

특별한 약속이 없는 오늘이지만,
혼자만의 시간을
알차게 보내고
싶어 오랜만에
화장도 하고,
사놓고 입지
못했던 원피스
도 꺼내
입었다.
외투는 역시
롱패딩!

무슨 옷을 입든
밖에 나가면
이런 모양새가
되어버린다

안

밖

옷이랑 깔 맞춤
목도리

자라
체크 원피스
+기본 폴라티

이마트 구두

통보이
롱패딩

TUE

기본 풀라티 +
자라 코르덴 바지

오늘도 롱패딩

이아트 구두

코르덴 바지에 빈티지
벨트를 착용해 포인트를 줬다.

오늘도 어김없이 롱패딩!
롱패딩을 산 후부터 코트, 반코트,
무스탕 등 다른 겨울 아우터가
찬밥 신세가 되었다.

엄마에게 물려받은 카디건

상체에 딱 붙는 스타일이라
입으면 요조숙녀 같다.

TUE

버버리 머플러.
까만 패딩에 유일한 포인트.

반디지
크로스백

미디 부츠

A라인
코르덴 치마

매년 장갑을 잃어버려
새로 살 장갑을 고민 중이다.
나 같은 칠칠이는 끈 달린 걸
사야 하나...

큰 맘 먹고 산 아이템 BEST 3

○ 톰보이 *투웨이 트렌치코트

이 트렌치코트는 숏 재킷과 조끼로 탈부착이 가능해서 활용도가 높아요. 특히 조끼는 단독으로 입거나, 겨울에 아우터 속에 레이어드해서 입기 좋답니다!

아우터, 가방, 신발은 한 번 살 때 좋은 것을 사서 오래도록 사용하는 편이에요!

숏 재킷

조끼 트렌치코트

---

* 투웨이 코트(two-way coat) : 두 가지 방법으로 입을 수 있는 외투.

ONE Point Tip

o 비비안 웨스트우드 엠마백

면세 찬스로 구매한 가방이에요.
에코백 마니아지만
가끔은 제대로 된 가방이
필요할 때도 있는 법!

o 캠퍼 메리 제인 슈즈

평소엔 구두를 잘 신지 않지만,
가끔 구두를 신을 일이 생기곤 하죠.
면접이나 결혼식, 미팅 등 일이 있을 때
신으려고 베이직 하면서도 나만의 취향이
들어간 귀여운 구두를 구입했어요.

CHAPTER 3

WEDNESDAY

수요일

옷은 많은데 이상하게
입을 옷이 없다

-

프리랜서인 나는 주로 캐주얼한 옷을 좋아한다. 헐렁하고,
편하고, 귀여운 옷을 즐겨 입는다. 그래서 평소와 다르게
미팅이나 결혼식처럼 단정하고 깔끔한 느낌이 필요할 때 옷장
앞에서 고민이 많아진다.

이상하게 옷장에 옷이 꽉 차있는데도, 입을 옷이 없다.

사실은 입을 옷이 없어서가 아니라, 단정하고 깔끔하면서도
약간의 프로페셔널을 뽐낼 옷이 없기 때문이다.

이럴 때는 옷장 빈칸의 퍼즐 조각을 맞추듯 주의해서 쇼핑을
해야 한다.

자주 입을 스타일이 아니어도 가끔 이렇게 꼭 필요할 때가
있으니 한 번 사둘 때 제대로 빈칸을 메꾸는 것이 중요하다.

내 옷장엔 어떤 상황에 입을 옷이 많은지, 내가 어떨 때 입을
옷이 없다고 느끼는지 체크하면 쇼핑 성공 확률이 올라간다!

가죽 크로스백

아이보리 니트

오리 입 스니커즈

오버핏
체크 코트

H라인
미디 스커트

WED

비가 오니 제법 쌀쌀하다.
봄맞이 새 옷을 사고 싶은데, 사고 싶은 건
많고 봄은 짧아서 뭘 사야 좋을지 고민이다!

동방이 코튼 트렌치코트

니트 원피스 + 스카프

이마트 구두

보세 가죽 크로스백

눈치게임을 하는 듯한 봄 날씨.
하루만에 엉청 따뜻해졌다. 스카프를 하나 더
사야겠다. 푸른색, 녹색 옷이 많으니까 주황색으로 사야지!

통보이 코튼 트렌치코트

아이보리 니트 카디건

반티지 *랩스커트

오리 입 스니커즈

WED

사야지 하고 일 년 넘게 망설였던 아이보리 카디건을 드디어 구매했다. 겨울엔 아우터 속에, 날 풀리면 가볍게 입기 좋을 것 같다. 퍼즐 조각이 맞춰진 기분!

* 랩스커트 : 랩어라운드스커트. 한 장의 천으로 만든, 몸에 감아 입는 스커트다.
   옆을 꿰매지 않고 앞이나 뒤로 엇맞추어 입는다.

오버핏 맨투맨 + 스카프

통보이 코튼 트렌치코트

청바지

낭색 워커

아무 생각 없이 입다보니 파랑파랑.
좋아하는 색이 파란색, 녹색이다 보니 심심한 코디가
되었다. 싱쿵함이 부족해 쇼핑 리스트에 주황색
후드 티를 적어두었다!

오늘도 미세먼지!
추위를 많이 타는 편이라
셔츠 원피스 + 카디건을
껴입고 트렌치코트를 걸쳤다.
사실 내의도 입었다.

마스크

아이보리 카디건

가죽
크로스백

WED

롱 셔츠 원피스

스케쳐스 운동화
+ 도트 무늬 양말

동보이 트렌치코트 중 재킷

흰색 셔츠 + 스카프

이 조끼랑
세트!

청바지

트렌치코트, 재킷, 조끼
세가지로 입을 수 있다.

캥퍼
메리 제인

내가 엄청 즐겨 입었던 자라 랩스커트를
오랜만에 꺼내보았다.
이 스커트를 입고 난 뒤로
롱스커트 마니아가 되었다.

추울까봐 챙긴 남색 카디건

WED

기본 7부 티

캐릭터
에코백

랩스커트

오리 입
운동화

봄이 가버리기 전에
부지런히 입어야 할
가죽 재킷!!
가죽 재킷엔 귀엽게
빨간 가방이다!

가죽 재킷

앨리스마샤
토비백

스케쳐스
운동화

셔츠 원피스

생각 없이 입다 보니 파랑파랑이가
돼버렸다. 집에 있는 옷들이
대뿐 푸른색이라 다음 쇼핑
때는 꼭! 톡톡 튀는 색을 고르자.

빈티지 청 원피스

꽃무늬 점퍼

WED

오리 입 스니커즈

얇은 줄무늬 셔츠

뭐 입을 지 생각하기 귀찮을 때는
원피스가 짱이다!
비록 그림으로 그릴 때는
힘들지라도 ....

톰보이 투웨이 트렌치코트
(조끼)

체크 원피스

캐릭터
에코백

노란 운동화

날이 추워지는 걸 보고 이때다 싶어
도톰한 크롭 후드를 입었다.
우중충한 날씨에 형광 주황을
뽐내며 다녔다.

주황색
크롭 후드

WED

노트북
가방

끼부 티 +
도트 *뷔스티에 원피스

오리 입 스니커즈

* 뷔스티에 원피스 : 가슴의 위쪽 부분과 소매가 없으며 길이가 긴 여성용 원피스.

셔츠 원피스는 일반 원피스보다
다양하게 입을 수 있어서
좋아하는 아이템이다.
오늘은 티셔츠 위에 가볍게
걸쳐 냉방처럼 활용했다.

롱 셔츠 원피스

흰 티

청바지

앨리스마샤
토비백

샌들

비가 하루 종일
내릴 줄이야!
축 처지는 하루며서
편하게 체크 셔츠
원피스를 입었다.

WED

체크 셔츠 원피스

수박 에코백

워커

오늘은 귀여운 줄무늬 티셔츠에
청 원피스를 입었다.

줄무늬 티셔츠

빈티지 청 원피스

보세 미니 크로스백

크록스 샌들

어제와 같은 옷, 다른 느낌!
같은 줄무늬 티에 청이지만
오늘은 빨강으로 포인트를 줬다.

앨리스마샤 토비백

줄무늬 티셔츠

차코 샌들

청 랩스커트

WED

간만에 마음에 드는
빈티지 원피스 + 부츠 컷 청바지

빈티지 도트 원피스

허리끈을 잘록하게 매서
입는 디자인인데 오늘은
바지와 입을 거라 뒤로
느슨하게 묶어주었다.

부츠 컷 청바지
하이웨이스트라 배가 좀 찡긴다.

오랜만의 새 신발

도트 원피스 돌려 입기.
도트와 빨강은 사랑입니다…!

빈티지 도트 원피스

WED

앨리스마샤
토비백

이마트 구두

올가을도 잘 부탁해!

같은 아이템을 잘 돌려 입으면
알뜰한 사람이 된 기분이다.
오늘은 '무나니스트'의 마음
가짐으로 줄무늬 티샤쓰와
카디건, 포인트로 빨간
가방을 착용했다.

남색 카디건

앨리스마샤
토비백

줄무늬 티샤쓰

하이웨이스트
청바지

원피스 + 청바지 조합으로
원피스의 귀여움과 편안함을
동시에 잡았다.

아이보리 카디건

빈티지 도트 원피스

카드 한 장 겨우 들어가는
캐릭터 크로스백

WED

청바지

휠라 물

정신없이 바쁜 요즘!
오랜만에 귀여운
뻔띠 스카프로 멋 좀 내보았다.

♪~

뻔띠 스카프 +
아이보리 니트 카디건

빈티지 도트 원피스
만 원에 사서 야무지게
입고 다니는 중이다.

오래된 워커

우유부단한 나는 아직
레인부츠을 못 샀다...

오늘은 치렁치렁 레이어드 룩
걸을 때마다 옷이 펄럭거린다.

통보이 트렌치코트

WED

와이드 팬츠

카디건 + 티셔츠
+ 체크 원피스

캐릭터 니트

5년 넘은
자라 초겨울용
가죽 재킷

펄럭이는 나의 바지!

새 바지 입어서
기분 좋음.

어글리슈즈 아니고
그냥 못생긴 운동화.

지난 주말에 구입한
자라 와이드 핏 청바지.
아우터를 사러 갔다
청바지만 두 개 사왔다.

바쁘니까 어제 입은 옷에서
바지만 바꿔 입기!

캐릭터 니트 + 내의

겨울용 가죽 재킷

WED

털가방

코르덴 바지

편한 운동화

날이 추워서인지
따끈한 만둣국이 생각나는
하루! 롱패딩 입기 싫어서
얇은 옷을 야무지게 껴입었다.
왠지 캠핑을 잘할 것 같은
오양새.

겨자색 니트 비니.

이번에 구입한 지라
오버 *셔링 점퍼
일관된 취향으로
새 옷임에도 원래
있던 옷 같은 느낌...

기오 후드 집업
+ 티셔츠 + 내의

코르덴 바지
+ 내의

에코백

메리 제인 슈즈

* 셔링 점퍼 : 어깨나 허리 따위의 부분에 주름을 잡아 만든 점퍼.

'멋이고 뭐고 다 필요없어'의 계절
겨울이다! 드디어 롱패딩을 꺼냈는데
따수운 것이 아주 좋다.
마음까지 따뜻해지는 기분이라
덤으로 붕어빵도 사먹었다.

원피스 돌려입기

◁ 민소매 티셔츠

더운 날씨에는
조금이라도 편하고
헐렁한 옷으로!
티셔츠를 원피스 안에
입지 않고, 겉에 입어
좀 더 시원하고 편안한
느낌을 줬어요.

◁ 기본 티셔츠

뭘 입을지 생각하기
귀찮을 땐 원피스가
최고지요! 기본 티셔츠 위에
뷔스티에 원피스 하나만 입으면 스타일링 완성!

ONE Point Tip

◁ 레이어드

날씨가 쌀쌀할 때는 기본 티셔츠에 원피스,
카디건까지 따뜻하게 껴입어요.
마지막으로 오버핏 청재킷까지
걸치면 레이어드 룩 완성!

◁ 후드 티셔츠

사계절 내내 입는
도트 뷔스티에 원피스.
원피스 위에 후드
티셔츠를 입으면
따뜻하면서도
색다른 느낌을
줄 수 있어요.

THURSDAY

목 요 일

그거
어디서 샀어요?

-

나는 바지를 사는 게 가장 어렵다.

정확히는 내 머릿속에 있는 그 핏(fit)의 바지를 찾는 게 어렵다.

모델 컷보다 기장이 많이 길거나, 허리는 큰데 허벅지는 꽉

끼거나, 왠지 땅딸막해 보이거나 등등. '이거다!' 싶은 바지를

만나기란 쉽지 않다.

그러다 우연히 내가 찾아 헤매던, 내가 입고 싶은 핏의 바지를

입은 사람을 발견할 때가 있다. 그럴 때면 눈 딱 감고 어디서

샀는지 물어보고 싶은 충동이 생긴다.

물론 소심한 나는 한 번도 물어본 적은 없다.

주위에서도 향수나 미용실을 물어보는 건 봤지만 옷을 산 곳을

물어보는 건 본적이 없다.

누가 나한테 입고 있는 옷을 물어본다면 어떨까?

조금 당황하긴 하겠지만, 내가 입은 옷이 예뻐서 물어본다는데

기꺼이 어디서 샀는지 알려줄 것 같다.

내가 데일리 룩을 그릴 때 아이템을 하나씩 따로 또 그리는

이유도 비슷한 이유다.

좋은 건 널리 알려야지!

오 팔꿈치
패드가
포인트!

만 원에 샀던
*헤링본 빈티지 재킷.
어깨가 너무 커서 수선했는데도
여전히 어깨가 커서 핏이
아쉽지만, 디테일이
예쁜 옷이다.

아이보리 니트

회색 청바지

캠퍼
아들부츠

THU

* 헤링본 : 청어의 뼈라는 의미로, 그와 닮은 사선무늬를 가진 옷감의 총칭.

헤링본
빈티지 재킷

아이보리 니트
+폴라티

코르덴 A라인
스커트

워커

하루 종일
비바람이 많이
부는 날씨였다.
어제보다 옛날
사랑스러운 느낌으로
입어보았다.

오늘은 티셔츠 위에 재킷을 걸쳐,
편안하면서도 단정한 느낌을 살려
입었다. 이 재킷은 어깨 선이
자연스럽게 떨어지는 낙낙한
핏이어서 티셔츠 위에
가볍게 걸치기 좋다.

THU

흰 티

하이웨이스트
와이드 팬츠

리오셀 혼방 재킷
원단이 부들부들해서
편하게 걸치기 좋다.

보세 가죽가방

스케쳐스 운동화

톰보이 트렌치코트

빈티지 자수 블라우스
보헤미안 감성의 자수
블라우스와 새로 산 캉퍼
슈즈를 신었다. 새 신발을
신을 좋은 날을 경건히
기다리다 오늘 첫 개시를
했다!

롤업
청바지

캉퍼 라이트 니나

노트북
가방

오버핏 청재킷

빈티지 스퀘어넥
원피스.
보이넥과는 다른
느낌을 주는 스퀘어넥!
목선이 예뻐 보이는
효고가 있다.

캐릭터
에코백

오리 입 스니커즈

THU

오늘은 편안한 느낌의 재킷과
고무줄 배기팬츠를 입었다.
무심한 롤업이 포인트다!

빈티지 브이넥 티

보세 가죽
크로스백

세미*배기 팬츠
고무줄이라 짱 편하다!

캥퍼 슈즈

* 배기팬츠 : 자루같이 헐렁헐렁하게 만든 여성용 바지.

  세미 배기팬츠는 주름과 여유분을 덜 줘서 세미 정장으로 입을 수 있게 만든 바지를 말한다.

꼬깃꼬깃 + 꾸기꾸깃
리넨은 꼬깃꼬깃한 것이
멋이라 우기며 다림질을
생략하고 그냥 입었다.

화이트 리넨 셔츠

보세
가죽백

오리 입 스니커즈

리넨 팬츠

THU

와이드 팬츠는 (+고무줄)
참말 좋은 아이템이다.
다리도 길어 보이고,
편하면서도 후줄근해 보이지
않아서 머리 안 감고
외출하기 귀찮은 주말에
입기 딱 좋다!

오래된 체크 셔츠

와이드 팬츠

옥반지도 바지와 깔 맞춤

통굽 샌들 + 양말

오늘은 실험실 연구원 같은 느낌으로
어리도 일부러 부스스하게
대충 묶었지!

통벙이
민소매티

EXCLUSIVE
36

엄청 아끼는 티셔츠!
옆이 가위로 자른 것처럼
훅 파여 있는 게 포인트.

가방도 녹색으로
깔 맞춤했다.

새들백

롱 리넨
재킷

와이드 팬츠

THU

치코 샌들

날이 더워 축 처지는 하루.
그동안 우쨔색만 입은 것 같아
상큼한 반팔 티를 꺼내 입었다.
원피스 위에 입기에 길이가
어정쩡해서 고무줄로 묶어
크롭티처럼 입었다. 계절별로
옷 챙기기 힘들고만!

박스 티

수박
에코백

도트 뷔스티에 원피스

차코 샌들

애매한 길이의 박스 티
크롭 티처럼 입기

어정쩡...

① 원하는 만큼 잡고
고무줄로 묶어준다.

② 묶은 부분을 안으로
넣어준다!

THU

냐옹이들의 '우다다'에 밤잠 설치고
지친 몸으로 주섬주섬 대충 입고 나왔다.
힘이 들 땐 고무줄 바지...

연보라색 리넨 셔츠

민소매 블라우스

수박
에코백

세이 배기팬츠

비는 어디가고 애매하게 덥고
끕끕한 느낌만 남아버렸다.
최대한 쾌적한 하루를 만들고자
여름용 셔츠 + 리넨 팬츠를 입었다.

여름용 셔츠

캐릭터
에코백

THU

우양산

차코 샌들

리넨 팬츠

비가 오니 선선해진 날씨!
긴팔이라 괜찮을 줄 알았는데
살짝 추웠다.

연보라색 리넨 셔츠

하이웨이스트
청 반바지

크록스

캐릭터
에코백

이렇게 더운 날 회색 티를
입다니 경솔했다!
땀 안 나게 조심조심
나왔다. 오늘따라 머리도
더 부스스….

회색 반팔 티

에코백

THU

차코 샌들

리넨 팬츠

최근에 산 옷 중 실패한
멜빵 원피스! 귀여운 느낌일
줄 알았는데 막상 입어보니
허리 라인이 속 들어가서
앞치마 하고 허리끈
야무지게 동여맨 느낌이다.

멜빵 원피스
빈티지숍에서 구매

반팔 티

카페 알바생 같은
느낌의 원피스다.

보세
가죽백

차코 샌들

더워서 얼굴이 익고, 혼이 빠져나간
오늘이다. 실패했던 앞치마 원피스를
다시 보자는 마음으로 재도전!!
블랙 앤 화이트에 빨간 가방
으로 포인트를 줬다.

가요리 핏 줄무늬 티셔츠

빈티지 앞치마 원피스

차코 샌들

앨리스마샤
토비백

더워... 더워... 더워...
숨쉬기도 힘든 날씨...
옷이라도 편하게 입자...

민소매 원피스

리본 버킷 해트

차코 샌들

보세 크로스백

백팩을 메면
어깨 띠 부분이
더 덥다..

민소매 티샤쓰

EXCLUSIVE
36

리넨 스커트

차코 샌들

밝은 색 치마는 비침이 있어
신경 쓰이는데 얘는 안감이
있어 좋다.

올여름엔 가죽 샌들을 사려고
했는데 날이 더워 쇼핑 의욕도
상실이다 여름에 투자하기 싫다!!
지겹다 여름!! 꾹 참고 가을
신발을 살 것이다.

연보라색 리넨 셔츠
구깃한 것이
나름의 멋이다.

짐이 많아
백팩

온몽에 힘을 빼고 흐느적거리고
싶은 오늘, 나 대신 옷이라도
흐느적거리라고 펄럭이는 와이드
팬츠와 셔츠를 입었다.
보통은 바지 속에 셔츠를 넣어
입는데, 오늘은 그것도 귀찮다!
좀 더 프리하게 입어보았다.

고무줄 와이드 팬츠
바지는 역시 고무줄이지!

차코 샌들

여름까지 입기 좋은 까실한
쥬시쮸디 시스루 티샤쓰.

와이드 팬츠

이맘때면 교복이 되는
통보이 트렌치코트

121

5년 넘게 입고 있는
낡은 코트

후드 집업 + 티

졸업 청바지

피로가 누적된 요즘,
멋부릴 힘이 없어 후드+코트로
편안함을 뽐내보았다.
빨래를 못해서 짝짝이 양말…

겨울

SPA 브랜드 탐구

* SPA 브랜드는 옷의 종류가 다양하고, 가격이 합리적인 편이에요.
매장 피팅룸에서 마음껏 옷을 입어볼 수 있는 게 큰 장점이지요.
교환·환불이 쉽고, 온라인 쇼핑몰이 있어 쇼핑하기 좋아요!

∘ ZARA, MANGO, h&m

베이직한 옷부터 트렌디하고 화려한 옷까지 다양한 종류의
옷이 있어요. 액세서리, 가방, 신발류도 많지요.
유럽 브랜드로, 우리나라 사이즈와 다른 경우가 많으므로
직접 입어보는 것을 추천해요!

10cm만 더 컸으면...

고급한 앞트임

화려한 패턴!

볼드한 액세서리

와이드 팬츠

* SPA 브랜드 : 의류 기획 브랜드 상품을 직접 제조하고 유통하는 전문 소매점.
대량 생산과 직접 유통으로 가격이 저렴하고 트렌디하다.

○ 탑텐, 지오다노, 스파오

슬랙스, 셔츠 같은 베이직한 아이템이 많아요.
비슷비슷해 보여도 핏이나 소재가 조금씩 다르니
꼼꼼하게 입어보는 것이 좋아요.

○ 에잇세컨즈

베이직한 스타일에 조금 더 트렌드가
반영된 디자인!

> 제 20대 패션 공부는
> 스파 브랜드와 함께 했다고
> 말할 수 있지요!
> 옷은 직접, 많이 입어보는 게
> 중요하다고 생각해요.

쇼핑박사 김박사

I love
Fitting Room

FRIDAY

금요일

가장 특별한 날 고른
빨간 체크 스커트

-

첫 데이트 룩을 정할 때만큼 옷장을 뒤엎은 적이 있을까.
고심 끝에 정한 나의 첫 데이트 룩은 네이비 트렌치코트와
심플한 검은색 탑, 그리고 하이웨이스트 체크 미니스커트였다.

거울 속의 나는 굉장히 세련된 도시 사람 같았다. 평소엔 후드
티셔츠에 청바지만 입고 다녔기에 내 모습이 낯설고 괜히
과하게 꾸민 것이 아닐까 걱정도 들었다. 하지만 이미 옷을 있는
대로 다 꺼내보느라 침대와 옷장은 난장판이 돼 다른 선택지가
없었다.

다행히 데이트가 있는지 모르는 친구들은 웬일로 이렇게
예쁘게 입고 왔냐며 칭찬을 했다. 긴장했던 나의 첫 데이트도
화기애애하게 마무리되었다.

데이트는 잘 끝났지만 평소에 입던 편한 옷이 아니어서였을까.
나는 집에 와서 단단히 체했다. 어색했던 구두 탓에 발에는
물집이 잡혔다.

이 당시 내가 옷을 고를 때 가장 신경썼던 점은 세상에서 내가
제일 예뻐 보였으면 좋겠다는 것이었다. 그런데 예뻐 보이는
것에만 치중하다 보니 나다운 모습을 잃었던 건 아닐까.

꽃 냉방셔츠

청바지

보세 가죽백

오버핏 캐멀 코트

오리 입 스니커즈

오늘은 약속이 있어서
캐멀 코트를 꺼내
입었다. 초록과 캐멀의
조합은 역시 귀엽다....

FRI

아이보리 니트 + 보온 내의
+ 스카프

오리 입 스니커즈

청바지

'무나니스트'의 하루

뒹굴거리다 서점에 가려고 주섬주섬 옷을 입었다.
혼자 외출할 때 괜스레 멋을 부리게 된단 말이지!
트렌치코트에 스카프로 지식인처럼 입어보았다.

헤링본 빈티지 재킷

일자 청바지

검정 기본 티
+스카프

캐릭터 에코백

오리 입
스니커즈

FRI

날이 확 따뜻해졌다. 옷차림도 가벼워진다.

노트북 가방

오버핏 청재킷

목 늘어난
티샤쓰

낡아서 잠옷으로 쓰려고
남겨둔 고무줄 바지

오늘은 아르바이트로 벽화
작업을 하기로 해서
버려도 될 막옷을 입고 나갔다.

131

빈티지 핸드메이드 코트

가죽 재킷

코트 속에 가죽 재킷을
껴입어 멋과 보온성 둘 다
잡았다! 가죽 재킷은
몇 번 못 입기에 이렇게
활용하고 있다.

검은색 기본 티

H라인
체크 스커트

보세 가죽
크로스백

캠퍼 메리 제인

FRI

평범하고 조금은 지루한 일상에 지쳐가는 요즘,
나에게 생기를 주고자 특별히 아끼는 옷들을
꺼내 입었다. 이 옷을 입고 있으면
자신감 +100! 뭐든지 할 수 있을 것
같은 기분이다.

톰보이
트렌치코트

페미닌
격자무늬 셔츠

디테일이 고급스러운 셔츠다.

내 옷장의 숨은 공신!
아무데나 다 잘 어울린다.

노트북
가방

노란
운동화

청 랩스커트
내가 아끼는 스커트.

오늘은 음악 페스티벌을 즐기는 날!
페스티벌이니 가죽 재킷, 주로
바닥에 앉을 듯해서 편하게
롱 원피스를 골랐다.
전날 비가 와서 갑자기 쌀쌀
해진 날씨 탓에 이 위에
트렌치코트도 걸쳤다!

가죽 재킷

통보이 코튼 트렌치코트

도트 뷔스티어 원피스

스케쳐스
운동화

FRI

쉬는 날인 데다 비도 와서
집에서 뒹굴거리고 싶지만
약속이 있어 꾸역꾸역
준비하고 집을 나왔다.
난 집순이라고 불릴 자격이
없다...

아이보리 니트
카디건

에코백

체크 원피스
귀찮을 땐 원피스가
최고다!

노란 운동화

점점 따뜻해지는 날씨!
숏 청재킷에 도트무늬
원피스, 빨간 가방으로
포인트를 줘서 발랄한
느낌을 냈다.

숏 청재킷
기장이 짧아서
귀여운 느낌.

앨리스마샤
토바백

도트 뷔스티에 원피스

외 입
스니커즈

싱글들을 위한 음악 페스티벌에 갔다 왔다!
드레스 코드가 올 블랙이지만
쑥쓰러워 나가기 직전 원피스로
갈아입었다. 완전 올 블랙으로
입으신 분들이 많아서 다들
귀여웠다!

낭색 카디건

도트 원피스

기본 티

백팩

샌들

새 옷을 입는 건 언제나
설레는 일! 요즘 차려입을
일이 생겨서, 단정하지만
지루하지 않은 셔츠를 찾던 중
이 옷을 발견했다.
퍼프 소매 + 스퀘어넥!
오늘은 새 옷과 친해지는
날이니 가볍게 반바지랑
입었다.

퍼프 코튼 셔츠

옷이 따뜻한 색감이라
시원한 여름 분위기의
귀걸이를 했다.

검정 반바지

차코 샌들

**보세
가죽가방**

FRI

우양산

골드 액세서리

퍼프 코튼 셔츠

민소매 블라우스

리넨 스커트
원래 있던 리넨 스커트
를 대체할 새 스커트를
샀다! 안감이 있는 게
마음에 든다

앞뒤가
헷갈리게
생겼다

캐릭터
에코백

아이보리 샌들

앞   뒤

어느덧 여름 분위기 물씬!
흰 상의와 청 반바지는
여름이랑 참 잘 어울린다.
밑단이 A라인으로 퍼지는
블라우스를 입어 귀여운 느낌을
내보았다.

민소매 자수 블라우스

에코백

차코 샌들

청 반바지

FRI

낙낙한 핏 + 귀여운 패턴의
크롭 블라우스를 입었다.
목 부분이 고무줄로 되어 있어
오프숄더로 입을 수도 있다.
머리가 뽀글거리니 더 잘
어울리는 느낌이다!

크롭 블라우스

수박 에코백

리넨 팬츠

치코 샌들

데님 A라인 스커트
A라인보다 H라인을 더 좋아해서
손이 잘 안 가는 스커트인데
오랜만에 꺼내 입었다.
안 입으면 아까우니까…

빈티지 자수 블라우스

뽀글머리를 한 뒤로 이런 스타일이
잘 어울려서 행복하다!

리본을 맬 수 있는 디자인
이지만 내가 입기엔 과한
사랑스러움이라 오늘은 생략했다.

보세 미니백

차코 샌들

FRI

퍼프 소매 블라우스와 도트 원피스를
함께 입었더니, 소매의 색다른
실루엣 덕분에 밴티지한 느낌이
두 배가 되었다!

퍼프 코튼 셔츠

다림질이 힘들다는 단점이 있다.

검은색 가방

도트 뷔스티에 원피스
레이어드해서 입기 좋다.

차코 샌들

평범해 보이지만 최근 들어
가장 멋부린 날이다.
요즘같이 더운 날 큰맘 먹고
청바지를 입었기 때문이지!

빈티지 브이넥 티셔츠

생일 선물로
받았던 목걸이

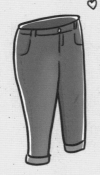

에코백

올가을
쇼핑리스트
1번은 운동화다!

졸업 청바지

FRI

친구네 놀러가기로 한 날.
집 근처에 밭이 있다고 해서
밀짚모자를 챙겨갔다.

동화책에 나올 것 같은
밀짚모자.

올여름 나의 시그니처 룩.
빈티지숍에서 구매한
귀여운 청 원피스

진짜 밀짚이라
접을 수 없어서
실용성은 떨어지지만,
예쁜 모자다.

차코 샌들

오늘은 제법 도시 사람 같은 느낌이라
왠지 점심도 도시 사람처럼
콥 샐러드를 먹었다.

연보라색 리넨 셔츠

청바지

가을이어도
여전한
에코백 사랑.

샌들

FRI

가을은 날씨도 좋지만
색감이 정말 예쁘다
캐멀, 카키, 버건디 최고..!
오늘은 캐멀과 진녹색으로
가을 느낌 + 빈티지스럽게
입어보았다.

리오셀 재킷

새들백

클래식 물

빈티지 도트 원피스

드디어 운전면허를 땄다!!
돈과 맞바꾼 소중한 면허증..
아끼다 옷봉에 한 번도
못 입은 꽃무늬 점퍼와
청바지를 입고, 포인트로
빨간 가방을 멘다.

엘리스마샤
토비백

와이드 팬츠

꽃무늬 점퍼
내가 아끼는 꽃무늬 점퍼.
안감까지 초록색이라 완벽하다.

FRI

기본 ㄱ부 티샤쓰

스케쳐스
메리 제인

오늘은 친구네 아기 돌잔치가 있는 날!
맛있는 음식을 하도 많이 먹어서
뱃살이 잘 감춰지는 오늘 옷이
굉장히 만족스러웠다!

올리브그린
*터틀넥

통보이 캐멀 코트

도트 뷔스티에 원피스

이마트 구두

* 터틀넥 : 목이 긴 스웨터의 깃. 주로 접어서 입는다.

149

크리스마스 이브에
입으려고 아껴둔
코르덴 빨간 바지를
드디어 입었다.
한 손에는 생크림 케이크!

메리 크리스마스!

버버리 머플러

빨간씩
바지와
깔 맞춤!

통 묻이 빨간색 코르덴 바지
가격이 비싸서 양심이다
큰맘 먹고 구매했다.
예쁜 색깔!

통바지 속에
오리 입 부츠

FRI

어깨핏 탐구

o둥근 어깨핏

오버핏

어깨 절개선이 실제 어깨보다 내려와
있어요. 어깨 부분이 각지지 않아
부드러운 느낌을 주며 캐주얼, 데일리로
입기 좋답니다. 품이 넉넉해서 이것저것
껴입기 좋아요!

*래글런

깃에서 겨드랑이 쪽으로 절개선이
있어 부드러운 실루엣을 만들어줘요.

저는 아우터를 고를 때 어깨라인을 꼼꼼히 봐요.
어깨 모양에 따라 아우터의 느낌이 달라진답니다.

* 래글런 : 어깨를 따로 달지 않고 깃에서 바로 소매로 이어지게 만든 푹신한 외투 또는 그런 재단법.

ㅇ 직각 어깨핏

어깨가 각진 디자인으로, 입었을 때
직각으로 떨어지는 어깨라인이 포인트에요.
어깨 패드를 넣어 실루엣을 강조하기도
하지요. 둥근 어깨보다 포멀한 느낌을 줘서
출근 룩이나, 특별한 날 드레스 업이
필요할 때 입으면 좋아요.

몸에 꼭 맞고 허리라인이 들어간 옷은
좀 더 정장 같은 느낌이 나지요.
라인 유무에 따라 달라지는 느낌도 체크!

SATURDAY

낯선 곳에서 발견한
낯선 취향

-

여행지에서는 이상한 용기가 생긴다.

부산 여행 중 구제시장을 구경하다가 평소의 나라면 입어볼
생각도 못할 현란하고 촌스러운 빈티지 카디건을 발견했다.
망설이다가 가격도 묻지 못하고 가게를 나왔는데 숙소에
돌아와서도 계속 생각이 났다.

다음날 나는 결국 촌스러운 꽃무늬 카디건을 샀고, 그 카디건은
내내 나의 화려한 여행 룩이 되어주었다.
이 카디건을 입고 여행하면서 생각보다 내가 독특하고
촌스러운 옷을 좋아한다는 사실을 깨달았다. 평소 무난한 옷만
찾아 헤매던 나였는데, 이 카디건을 입고 있으면 행복했다.
촌스러운데 왠지 나랑 잘 어울린다는 친구의 말도 듣기 좋았다.

그때를 생각해보면, 20대 초반 새로운 환경에 잔뜩 움츠러든
나는 옷을 살 때도 매우 까다로운 눈으로 골랐다. 조금이라도
튀는 구석이 있는 옷은 입어보기도 겁냈다. 다른 사람의 시선을
의식하느라 정작 내가 어떤 옷을 좋아하는지, 진짜 내 모습이
무엇인지, 나에 대해 잘 몰랐던 것이다.
낯선 공간에서 타인의 시선에서 자유로워지자 비로소 내 취향을
발견할 수 있었다.

카디건

이마트 구두

집시st.
스커트.

알록달록 집시st. 롱스커트와 몸에 딱 붙는
카디건, 핸드메이드 코트를 입었다.
이 롱스커트는 청재킷이나 티 하나랑 입어도
예뻐서 아끼는 아이템이다. 무늬가 현란해서
내 마음에 쏙 든다!

SAT

아이보리 니트

코르덴 치마

꽃무늬 점퍼

내가 아끼는 꽃무늬 점퍼.
꽃무늬 + 초록색 안감이라니 너무나도 취향 저격.
오래 입을 수 있으면 좋겠다.

왠지 몸이 무거운 토요일.
꿈지럭 거리다 주섬주섬 옷을
껴입고 나왔다. 꽃무늬 점퍼에
후드를 껴입어 대충 입어도
귀여운 느낌으로!

꽃무늬 점퍼

기본 티

롤업
청바지

후드 집업

검정 가방

오리 입 스니커즈

SAT

나는 촌스럽고 귀여운 옷을
좋아하지만 평소엔 도시 사람
처럼 입으려고 노력한다.
하지만 오늘은 취향 100%
반영해서 더욱 촌스럽게
입었지!

꽃무늬*점프 수트
화려한 색감에
좌르르한 원단이라
여름에 입기 좋다!

초록 반팔 티

아이보리 니트 카디건

보세 크로스백

오리 입 스니커즈

* 점프 수트 : 살짝 부풀린 상의와 하의가 하나로 붙어 있으며, 상의와 하의 사이에
곤이나 고무줄을 넣어 편안하게 입을 수 있는 형태의 옷. 원래 이름은 블루종 점프 수트다.

비록 인터넷과 스마트폰에 의존하는
삶이지만, 마음안은 자유로운 보헤미안
감성을 담아 입어보았다.
포인트는 엄마에게 물려받은 화려한
팔찌! 귀걸이는 따로 산 건데
세트 같다.

숏 청재킷

보세 가죽
크로스백

집시 st
롱스커트

오리 입 스니커즈

발랄한 점프 수트!
작은 꽃무늬 패턴이
귀여워서 좋다.

빈티지
브이넥 티

숏 청재킷

캐릭터
에코백

정프 수트

오리 입 스니커즈

마음만은 하와이 룩.
어느덧 여름!
비록 여름휴가는 없지만
화려한 하와이안 셔츠로
여름 기분을 내보았다.

화려한 프린트의 셔츠
여름엔 쨍하고 화려한
옷들이 좋아진다!

와이드 팬츠

주황+초록의 조합

차코 샌들

SAT

모처럼 쉬는 토요일.
집에서 뒹굴거리다 동네 산책
이라도 할 겸 옷을 챙겨 입었다.
좋아하는 캐릭터 티셔츠를 입어
마음이 든든!

청바지

무민 (미이) 티셔츠

캐릭터
에코백

차코 샌들

빨간색 자수가 포인트인 자수 블라우스와
청 반바지, 꼬임 벨트로 보헤미안
감성을 뽐내보았다. 이 빈티지
블라우스는 요즘에 보기 힘든
자수의 섬세함이 살아있어서
볼 때마다 감탄하게 된다.

빈티지 자수 블라우스

캐릭터 에코백

하이웨이스트 청바지

SAT

오늘의 투 머치 룩
패턴 X 패턴으로
자유로운 나의 영혼을
뽐내보았다.
현실은 투 머치 집순이...

꽃무늬 블라우스 + 꼬임 벨트

빈티지
크로스백

차코 샌들

집시St. 스커트

캐릭터
미니백

흰 티 + 골드 목걸이

청바지

오늘은 아끼는 캐릭터
가방을 멨다. 이 귀여운
가방과 하루를 함께 보낼
수 있다니 행복하다!
가방이 돋보일 수 있도록,
옷은 최대한 심플하게 입고
목걸이로 포인트를 주었다.

차코 샌들

SAT

예쁘고 편한 보헤미안 감성의 롱 스커트!
무난하게 검은색 티와 함께 입었다.
스커트와 잘 어울리는 액세서리를
착용했더니 제법 코디에 신경 쓴
느낌이다.

빈티지 브이넥 티셔츠

집시St 롱스커트

캐릭터
에코백

차코 샌들

1박 2일 여행 룩.
집순이가 오랜만에
집을 떠난다.
하필 비가
오다니….
우산을 챙겨
야 할지 고민이다.

에코백?

배낭?

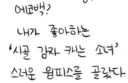

내가 좋아하는
'시골 감자 캐는 소녀'
스러운 원피스를 골랐다.

밀짚 100%
빨강 머리 앤이
쓸 것 같은 모자.

빈티지 청 원피스.

주말을 맞이해서 오늘은 특별히
러블리한 꽃무늬 블라우스와
청 와이드 팬츠를 함께 입었다.
가방은 언제나 에코백!

청 와이드 팬츠

빈티지 스퀘어넥 블라우스
엄마에게 물려받은
꽃무늬 블라우스! 실물이
훨씬 예쁘다.

통급 샌들

초여름에 입기엔 쑥쓰러워
기다렸다 드디어 입은 하와이안
셔츠. 귀여운 무늬가 수두룩이다.
화려한 이 옷을 입고 있으면
도심 속에서도 휴가 기분을
낼 수 있다.

빈티지 하와이안 셔츠

언젠가 이 옷을 입고
하와이에 놀러 갈 수 있기를...!

에교백

민소매
블라우스

청 반바지

차코 샌들

SAT

쨍쨍 무더운 날씨.
보헤미안 느낌 물씬 풍기는
아끼는 롱스커트를 입었다.
시원한 나라로 여행 가고 싶다...!

검정
민소매 티

보세 미니 크로스백

집시 st. 롱스커트

너무 더워 내 기분 좀
달래보려고 애끼는
하와이안 셔츠를 입었다
입을 땐 귀엽지만 오늘도
더위에 지쳤다...

빈티지 하와이안 셔츠
패턴이 정말 마음에 든다.
화려한데 촌스럽지 않고
예쁜 색감!

캐릭터
에코백

차코 샌들

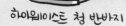
하이웨이스트 청 반바지

SAT

청 와이드 팬츠

오늘은 발랄한 도트무늬 룩.

도트무늬 셔츠형 재킷
봄에 미리 사두고 날이
따뜻해지길 기다렸다!

굽 있는 샌들

비비안웨스트우드
크로스백
+ 에코백

주말이라 멋 좀 내고 싶어서
빨간 립스틱도 바르고 꽃무늬
블라우스도 입었다.
하지만 에코백은 포기할 수 없다!

빈티지 랩스커트

꽃무늬 블라우스

스케쳐스 운동화

오늘의 투 머치 룩!
청재킷 + 패턴 블라우스 조합은
사랑이다. 통 넓은 초록 바지를
함께 입으니 자유로운 영혼이
되살아나는 기분이다.

빈티지 목걸이
+ 블라우스

오버핏
청재킷

초록 와이드 팬츠

통굽 샌들

갑자기 추워진 날씨.
오늘은 화려한 빈티지 카디건으로
알록달록하게 입어보았다.

새로 장만한 빈티지 가디건

기본 티셔츠

추워...

본래 반짝이는 허용하지
않는데, 이 카디건은 그것마저
사랑스럽다.

깡총 양말 + 휠라 뮬

H라인 청 스커트

오늘은 친구와 소풍을 가기로 한 날.
꽃무늬 블라우스와 큼직한 펜던트 목걸이로
설레는 마음을 표현했다.

엄마에게 물려받은
빈티지 목걸이.

일교차가 커서 챙긴
아이보리 카디건

와이드 팬츠

스케쳐스 메리 제인

오늘은 본가에 가는 날!
보라색 니트 후드와 자수색이
포인트인 롱스커트를 함께 입었다.
고무줄 롱스커트는 최고로 편하다.
편한 옷만 입다보니 꽉 끼는
청바지는 입을 수 없는 몸이
되었다.

요즘 교복처럼 입고 다니는
*야상 재킷

보라색 니트 후드

스케쳐스 운동화

집시st. 스커트

* 야상 : 야전 상의와 유사한 디자인의 점퍼.
대개 옷 안에 허리끈이 있고 품이 낙낙하며, 지퍼가 달린 점이 특징이다.

여행지 스타일 포인트

화려한 패턴!

과감한 느낌!

수영복

액세서리

선크림

선글라스

원피스

샌들

큰 가방 외 간단한 짐을 넣을 수 있는 크로스백.

햇빛 차단은 필수!

밀짚모자

휴양지로의 여행!
평소에 입기 부담스러웠던 과감하고 화려한 옷에 도전!

겨울 여행 - 실용적인 옷 위주로, 장기 여행이라면 버려도 될 옷으로!

발열 내의

폴라티

기모 맨투맨

얇은 옷을
여러 겹 챙겨
부피를 줄여요.

기모
레깅스들

털부츠

핫팩

여행을 가면 그 나라의 빈티지 숍
쇼핑하는 걸 좋아해요. 그때의 추억을
고스란히 옷에 담아올 수 있으니까요.
집으로 돌아와서 그 옷을 입을 때마다
여행의 기억이 떠올라 더 소중한
옷이 되지요.

SUNDAY

일요일

기성구두가
발에 맞지 않는다는 것

나는 '개구리발가락'이다. 발볼도 넓고, 특히 양쪽 발끝에
티눈이 있다. 그래서 앞코가 좁거나 뾰족한 신발은 신을
수가 없다. 로퍼, 플랫슈즈, *스틸레토 힐은 물론 워커까지.
기성구두는 잘 신지 못하고 편한 운동화와 샌들만 신고 있다.

신발 쇼핑을 가면, 나는 예쁜 신발을 신기에 적합한 발이
아니기에 늘 침을 흘리며 플랫슈즈를 구경하곤 한다. 언젠가
로퍼가 너무 신고 싶어서 백화점 신발 매장을 간 적이 있다.
가게 점원은 내 발이 짝짝이라 사이즈가 다른 데다 발에 티눈도
있으니, 맞춤 신발을 추천했다. 샘플로 신어보라고 주신 신발이
매우 편했다. 가격이 20~30만 원대라 다음에 오겠다고 하고
나왔지만, 나중에 정말 로퍼가 신고 싶어지면 맞춤 제작을
해봐야겠다.

다음 생에는 모든 신발을 찰떡같이 착용할 수 있는 만능 발을
가지고 태어났으면 좋겠다.

* 스틸레토 힐 : 뒷굽이 매우 높고 송곳처럼 가늘어 뾰족한 구두.

오버핏 체크 코트와 후드 집업, 청바지를 입었다.
옷을 입은 내 모습이 굉장히 나다워서
웃음이 나왔다.

낡은 *메신저 백

낡은 체크 코트

낡은 *모카신

후드 집업

롤업 청바지

귀여운 새 양말!

* 메신저 백 : 한쪽 어깨에 메는 가방. 1960년대 미국에서 우편배달부가 자전거를 타며 썼던 가방에서 유래했다.
* 모카신 : 사슴 따위의 부드러운 가죽으로 뒤축이 없게 만든 구두.

오버핏 체크 코트

노트북 가방

보이넥
니트 원피스

워커

뭐 입을지 생각하기 귀찮거나, 늦었을 땐
원피스가 최고다! 후루룩 입고 나가기 좋은
니트 원피스와 오버핏 체크 코트를 입었다.

동보이 트렌치코트

줄무늬 티

오리 입 스니커즈

에코백

청 원피스

오늘은 캐주얼하게! 역시 편한 게 최고다.

봄에는 역시 카디건!
오늘은 무난무난 카디건에
체크 남방, 청바지를 입었다.
봄에는 뭘 입어도 다 예뻐!

체크 남방 셔츠

아이보리
카디건

크로스백

노란 운동화

롤업 청바지

오늘은 힘을 빼고 편한 느낌의
캐주얼 룩이다.

체크 셔츠 원피스.

기본 흰 티.
핏이 예쁘고 소재가
좋아 아끼는 티셔츠

청바지

검정 가방

오리 입 스니커즈

가방과 신발 깔 맞춤!
이 신발은 5년 전에 산 듯한데
신은 게 5번 정도인 듯하다.
신발은 역시 발이 편해야
손이 간다.

하늘색 리넨 셔츠

톰보이 트렌치코트

H라인 미디스커트

카디건

갈색 크로스백

갈색 구두

맨투맨을 단독으로 입으려다
추울까봐 청재킷을 걸쳤다.
맨투맨만 입기엔 춥거나, 덥거나
해서 날씨 맞추기가 어렵다...

오버핏 청재킷

수박 에코백

오버핏 맨투맨
+스카프

ㅂ라인 미디 스커트

워커

오늘은 심플하게 청바지에 검정 티.
신발 세 개를 몽땅 세탁해서
잘 안 신는 반스 운동화를
꺼내 신었다.

칠부 티

통보이 트렌치코트

청바지

보세 가죽가방

반스 운동화

대청소를 하고 뒹굴거리다
서점에 갔다 왔다
해가 지는 하늘도, 선선해진
공기도 기분 좋은 저녁!

자라 체크 상의

톰보이 트렌치코트

하이웨이스트
청바지

스케쳐스
운동화

에코백

흰 티 + 청바지는 언제나 옳다.
편하게 아끼는 캐릭터 티셔츠를
꺼내 입었다.

동보이 트렌치코트

캐릭터 티셔츠

에코백

진청바지

193

캐주얼만이 주는 매력이 있다.
오늘은 흰 티 + 청 반바지 +
체크 남방으로 학생처럼
입어보았다.

가오리 핏 체크 남방

흰색 반팔 티

청 반바지

캐릭터
에코백

오리 입
스니커즈

SUN

짐이 많아서 오늘은 백팩이다!
편한 티셔츠 + 청바지 +
체크 롱 셔츠를 걸쳐
캐주얼하게 입었다.

체크 롱 원피스

캐릭터 백팩

청바지

차고 샌들

오늘은 제법 선선하지만
내 머리는 이미 여름 모드라
무조건 시원하게!!를 외치며
파란 줄무늬 스커트를 골랐다.

캐릭터 티셔츠

줄무늬 스커트

차코 샌들

파란 미니 크로스백

오늘은 내가 좋아하는
나다운 모습으로 입어보았다.

그래픽 티셔츠

필름 카메라

빈티지 멜빵 청 원피스

스케쳐스 메리 제인
운동화

오늘은 화이트 리넨 셔츠와
리넨 팬츠로 깔끔하게 입었다.
리넨이 주는 편안하고
자연스러운 느낌이 참 좋다!

화이트 리넨 셔츠

리넨 팬츠

차코 샌들

캐릭터 에코백

SUN

이직 여름이 끝나지 않았다!
매우 평범한 하루인 오늘은
흰색 민소매 블라우스와
청바지를 입었다.
왠지 안정감이 느껴지는
모양새라 마음에 든다.

민소매 블라우스

롤업 청바지

수박
에코백

차코 샌들

날이 선선해져서 리넨재킷을 입었다.
그토록 무더웠던 여름도 차근차근
지나가는 중인가 보다.

리넨 재킷

민소매 티셔츠

리넨 팬츠

수박
에코백

크록스
샌들

SUN

도자기 목걸이
+흰 티

와이드 팬츠

여름 재킷
굉장히 아끼는 낡은
여름 재킷을 입었다.
5년 넘게 입어서 예쁘진
않지만, 편안하고 나다운
느낌이 좋아 아껴 입는 옷이다.
정들어서 매년 버리지 못하고
미래의 나에게로 버릴 결정권을
미루고 있다.

빈티지 브이넥 티
아우터 속에 입기 좋은 티셔츠.
이런 기본 티가 사실 가장
중요하다

5년 넘은 쏫 청자켓

짧은 기장이어서
발랄한 느낌이다.

검은색 통바지.
한 단 접으면 도트 패턴.

스케쳐스
메리 제인

휴일을 맞이해서 편안한 캐주얼.
이럴 땐 체크 셔츠가 최고다.

부츠 컷 청바지

체크 남방
무난한 체크 셔츠.
어디에나 걸치기 좋다.

스케쳐스 운동화.

오늘은 청청 패션!

가을도
에코백의 계절.

숏 청재킷

빈티지 브이넥 티셔츠.

오리 입 스니커즈

H라인 청스커트

청재킷고 색이 비슷하길래
세트처럼 입어보았다.

SUN

요즘은 캐주얼에 빠져 있다

형광 크롭 후드

야상 재킷

고쟁이 핏 청바지

메리 제인 구두

205

나무가 된 것 같은 색감! 캐멀과 올리브그린 조합이 마음에 든다.

통보이 캐멀코트

올리브그린색 터틀넥

청바지

모카신

하나씩 있으면 좋은 기본 아이템

기본 중의 기본 - 검은색 / 흰색 티셔츠

슬림핏

박시핏

블라우스 (or 셔츠)

단정한 느낌이 필요할 때

내 체형에
어울리는
하의

일자핏

와이드핏

미디 (롱) 스커트

편한
신발

운동화

단화 (로퍼,
워커)

레이어드

오버핏 체크 셔츠

셔츠 원피스

'기본 템'은 옷을 입을 때마
내가 잘 활용할 수 있는 아이템
이라고 생각해요. 그래서 사람마다
기본 템이 다를 수 있지요.
내가 자주 입는 옷이
바로 기본 템!

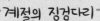

계절의 징검다리

대부분의 예쁜 옷들은 변화무쌍한 날씨 탓에 단독으로
입을 수 있는 날이 적어요. 이럴 땐 카디건, 후드 집업이 필수!
외투까지 걸치면 봄, 가을 옷을 겨울까지 입을 수 있어요.

종이인형
놀이

종이인형에 계절별로 옷을 갈아입혀 보세요!

절취선을 따라 책장을 가위로 자른 뒤, 인형과 옷을 오려서 사용하세요.

SPRING

봄

SUMMER
여름

FALL
가을

WINTER

겪울